狐狸小八

FOX8

喬治．桑德斯 著
George Saunders

喬西．卡迪諾 繪
Illustration by Chelsea Cardinal

丁世佳 譯

親愛的嘟者：

首先我要説，我的錯白字真低很對布起啦。因為我是一支狐狸！所以我不會好好低把字寫對的。但是我以經進量學寫文張了！

有一天，我走近你們人累的房子，用鼻子文有去的味道的時候，聽見裡面船來非常神奇的生因。結果那個聲音是：人累講話的生因。聽起來好磅！像是好聽的音樂！我一直聽那些向音樂的話聽到太陽下山，然後我禿然決得：狐狸小八，風子啊，太陽下山以後，士界就黑色了，快點回家，要不然可能有為顯！

但是我完全被那些音樂一樣的講話生因迷住了，我想知道那是在説什麼。

所以我每一個碗上都回來，坐在窗戶下面，想聽到董。最後，有那麼多字跑進我的耳朵到惱子裡，只要我想一下，聽到的時後，就可以知道人累在說什麼了！

那個屋子李的女士說的是：故事。跟她的小支說的，「艾」的故事。講完以後她會把光消滅，就變黑了。然後因為感覺到「艾」，所以就彎腰，把嘴貼在她小支的頭上。這叫做「碗按親親」。我特別雞凍這個！因為這也是我們狐狸對小支表示艾的方法！這讓我覺得很蘇福，像是人累。也能感覺艾和表現艾。換句話說，這個士界的未來就有西往了！

但是有一天碗上，我聽到一些讓我懷疑人累的話。

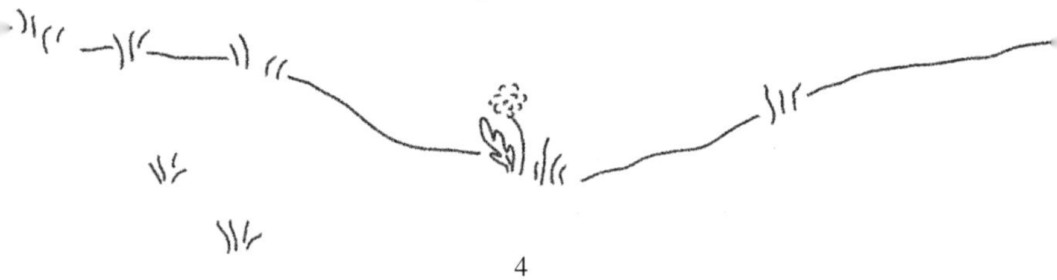

我還是懷疑。

我聽到一個故事，但是是一個好甲而且有點壞心的故事。那個故事裡有一支狐狸。但你猜那狐狸是怎樣？狡猾！沒錯，就是這樣！他片了一支雞！他把這支胖雞從雞窩裡片出來，說樹椿那裡有吃的。我們才不片雞！我們跟雞，有一種超級公屏的協定。那就是，他們生旦，我們拿旦，他們生更多旦。有時候我們會吃一支活雞，要是那支雞願意被我們吃，在他到樹椿那裡找不到吃的，然後我們接近他來不及逃跑的話。

完全不狡猾。

非常直接。

那個故事是甲的，因為那支男的雞還帶眼鏡。那個，我知道的雞，都不戴眼鏡的呢。我不覺得這是因為所有雞都看得很清楚。我覺得是因為雞根本不知道自己看不清楚，因為，雖然我非常非常尊敬雞啦，特別喜歡他們的旦，但是他們可能不是很聰明啦。

但是我聽到的甲的故事不光是雞帶眼鏡而已。

向是我還聽到雄的故事，說雄一直都在睡覺而且都很好很喜歡大家。相信我，我可是常常被雄追的，追我的雄從來沒有1.在睡覺或者2.很好還有3.喜歡大家。你一面逃命一面可以聽到雄說的很多不好聽的話，你走運的話就可以剛剛好躲進窩

裡，然後忍著不在你家其他狐狸的面前哭出來。

還有就是貓頭鷹。貓頭鷹很聰明嗎？不要校死我了吧！有一次一支貓頭鷹很很地啄了狐狸小六的脖子，只不過是因為狐狸小六用鼻子跟小貓頭鷹打招呼而已！

有好久好久，除了我自己之外沒有人知道我聽得懂人累話。然後有一天，很倒楣的是，我跟狐狸小七走在森林裡，狐狸小七是我好朋友，突然就有一根樹枝從天上掉下來到我們頭上。

阿我就說：喔哇。

但我不是說狐狸話，而是人累話。

狐狸小七嚇死了，他一屁股坐在地上，舌頭都掉出來了，眼睛睜得好大好大，簡直下死了。

我跟他說：對啦，我剛才說的，是人累話喔，伙伴。

阿他就說：那真厲害，狐狸小八。

阿我就用人累話說，我可能是要炫耀吧：是超級厲害喔，真的，狐狸小七。

阿他就說：我們一定要告訴我們尾大的領秀狐。這真的太——

我回他，用狐狸話：我知道，是巴？

所以我們去找我們尾大的領秀狐，狐狸二八，我跟他

說了一點人累話。

我說了我的人累話，尾大的領秀狐把頭歪到一邊，我們狐狸覺得搞不清楚或是聽到什麼聲音的時候就會這樣；然後他說：狐狸小八，你是怎麼穴會的？

阿我就說：我每天碗上都去研九他們講話的規則。

阿他就說：或許你可以用你的新基術幫助我們狐群？

尾大的領秀狐這麼重士我讓我覺得很容性，音為他在我們群裡是以有知惠出名的，而且是個好領秀。

阿我就說：很高性幫忙。

尾大的領秀狐說：跟我來，狐狸小八。

我就跟上去了，交傲的看了狐狸小七一眼，意思是：我厲害吧。我們很快就站在一個招排前面，那個招排上有幾個人累字我學過的。由於我學過，所以我看的董。（幸好，我學了他們的字母，我在窗戶外面，咪著眼睛，看他們的書。）上面的字寫的：狐景夠物中心，即將到來。

我唸給尾大的領秀狐聽，他回到我們的窩裡，大聲説給大家聽。聽到這句話，我們大家的腦袋裡都出現了很多問提。比方説：狐景夠物中心是什麼東西？會來追我們嗎？會要吃我們嗎？

結果，那不能吃我們。那也不會追我們。但那可以做更糟高的是情。因為很快就來了好多卡車，好吵還冒煙！他們把我們重要的森林挖掉了！他們把我們依告的樹拔起來了！他們把我們有樹因的飲水區弄髒了，把我們知道的最高的地方都產平了，本來要是不下雨的話，我們可以從那裡看到我們的地盤的！

我們都：「哇！」了。

我們放眼望去都是平的，沒有樹了。我們去到我們的河邊，發現髒了，因為突然有好多泥八流進去。魚也都完蛋了，沒有半點水花，都只翻著白眼看我們，像是：哇，我們跟笨不知道發生什麼事了啊。

我們解釋這是因為那些卡車的時候，發現了沒有水花的原因。因為他們都史了！不只我們的魚史了，我們喜歡吃的所有

東西，像是蟲子，像是又胖跑得又慢的老鼠，都全部不見了！我們找了一正天，低著頭文，但什麼都沒有。

很快就有好幾支我們非常老的狐狸生病了，然後史了。因為：沒東西吃。史掉的朋友是：狐狸二四、狐狸十、跟狐狸十一。

他們都是好狐狸的。

我在人累窗外度過的那些夜晚我學到了一個交訓：一個好做家會讓他的讀者覺得很難手，就像人累講故事一樣。就像做家讓你覺得跟灰姑涼一樣難手。你會因為不能去五會覺得難手。然後因為你得掃地而生七。你會想咬幾母的衣服。要是你

是皮落丘的話，就會覺得：我要不是木頭左的就好了。我想要有皮夫。這樣我爸爸吉沛塔就不會用垂子敲我。像這樣的。

如果你想覺得跟我們狐狸現在一樣難手的話：1.好幾個星期機虎不吃東西，2.注意到許多朋友，包括你自己在內，都每天越來越受，還有3.看到好幾個你洗歡的朋友受到死掉。這個時候，尾大的領秀狐便得很商心他像是太傷心了就沒法當領秀了。他會坐好幾個小時呆呆地看著空中。像是尾大的領秀狐因為我們失去了有記憶以來一直居住的森林而責怪自己一樣。但我們並不覺得是他的錯啊。一切都發生的這麼快，誰能夠力害的去阻止呢？（我完全不知到要怎麼阻止。我有一次溜到卡車後面，用嘴投走了一把垂子。我知道投通西是不好的，但我太生氣了！但

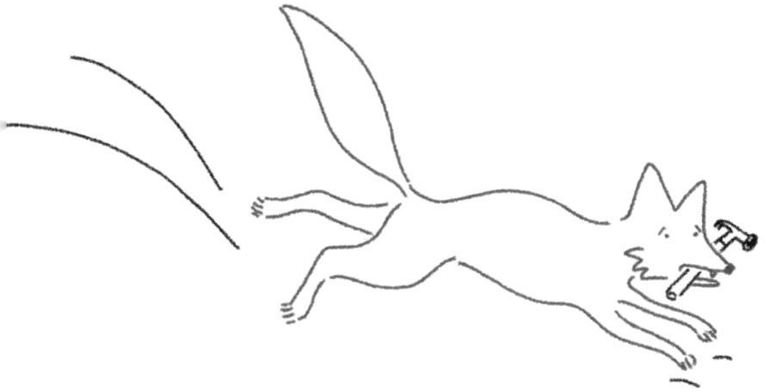

我投走那把垂子根本沒有讓他們變慢。他們一定有其他垂子？）

最後我們去找尾大的領秀狐然後說：尾大的領秀，讓我們到遠一點的地方去找十物，找一個更好的地方去住。

阿但是他只說：不行、不行，太為顯了。大家都留在我能看見你們的地方。

然後又把頭埋在兩支爪子之間。

卡車一個星期又一個星期一直在工作。這些人累真的很會工作。他們一直一直工作，直到整個森林都不見了。他們是怎麼做到的啊？

用他們的手，還有那些卡車。

結果，他們在座的是，好幾個很大的白色盒子，上面寫著，很神必的字。我唸那些字的時候，我的狐狸伙伴都非常困惑的看著我。像是說：狐狸小八，告訴我們什麼是崩頓百貨、什麼是電腦商場、什麼是呼特司餐聽、什麼是丙乾兵棋林？

但是我說不出來，我在窗子外面聽故事的時候，都沒有聽過這些字啊。

狐景夠物中心好像是讓那些人累放車子的地方。他們進去那些白色的盒子裡，然後等他們的車子準備好在回家？有時候我會走道車子旁邊，裡面有一支狗。我會說很好的狗話，像是：你好嗎？但狗只是呆呆地看著我，好像我說的不是狗話，要不然就是在車子裡狀來狀去，像是要衝出來商害我這支狐狸！

但後來有一支狗回答了，說：我很好，你呢？這裡好熱喔。

阿我就說：朋友，這是什麼地方啊？

阿他就說：停車場。

阿我就說：這是幹嘛的？

這個時候他舉起爪子來舔，我裡冒的等他。

最後他說：狗屋城。

阿我說：那這個狗屋城是要幹嘛的？

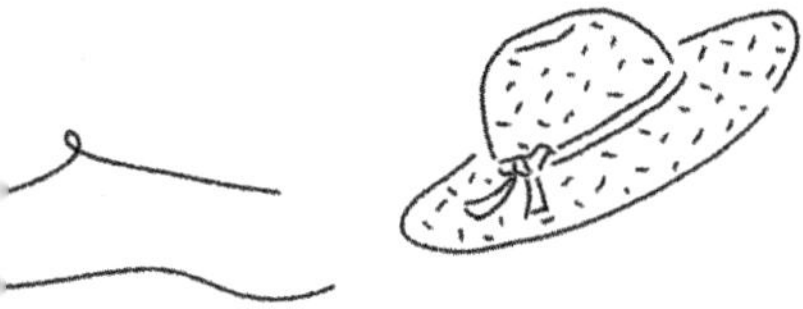

但是這個時候，他已經睡著了。他困在車子裡，但是腿還在跑，很可能是夢見自己是狐狸，有狐狸的自由，不是品種狗。

但他說的沒錯，這裡是停車場，還有狗屋中心。人累會說：你們小孩不要鬧，我們到狗屋城了，不要鬧、不要鬧、如果你們不停下來，我們就不去狗屋城，讓你們直接去上代屬課了喔？要不然人累就是對著一個小盒子說，珍妮，我要掛了，我正在狗屋城的停車場！或者會有一個人累打另一個人的屁股，那個被打的就靠過去，很親熱的說，艾力特，你搞死我了。還會有女士掉包包，彎腰去檢東西，帽子突然被吹走，女士就會說一句不好的話，看起來好像要坐下來哭，不過有一個

好人出現，跑去替她追帽子，雖然這個人自己有點跛腳。

人累！

一直都很有趣。

有一天我蹲在停車場邊邊，望向狗屋城，有一群人累走出來。

阿有一個說：好，等你搞完嘴唇，我在小吃接跟你們碰頭。

阿另外一個人就說：要是你遲到，我一定仔了你，玫根。

阿其他人就：別操心，我會找到你的。你就是嘴唇最紅的那個。

他們都校起來。

我注意到「小吃接」這個詞句。

那裡會不會有東西可以吃？

我覺得，可能有喔。

在這裡我要說，我這一輩子，都會做很舒服的白日夢，就會突然出現，我都會覺得很開心。

有些我喜歡的是：

有些人累聽到我很會說人累話，就給我雞吃，我坐在桌子旁邊。他們說：當狐狸是怎樣？

阿我就說：很好。

阿他們就說：狐狸是我們最洗歡的動物。

阿我就說：謝啦。

阿他們就說：為什麼為什麼我們笨到要選狗當主要的寵物呢？

阿我就說：我真的不知道耶。

或是：有些熊追我。我停下來，舉起一支爪子，教訓他們一頓叫他們要乖乖的，然後他們就說：或許這樣問很其怪，但是你這支狐狸，能當我們的大領熊，交我們要乖，走路樣子不要很奇怪嗎？阿我就說：當然。他們就用熊掌拍掌。但是很古怪。所以我就交他們怎麼拍，他們就都很親愛地看著我。

還有：有些鳥在我腦袋周圍飛來飛去，說：好漂亮的狐狸，我們飛過全士界，沒有看過更漂亮的！有一支鳥說：也沒有更聰名的。其他鳥都分分同意。

現在蹲在停車場附近，我又做了一個舒服的白日夢，是關於小吃接的；我進去，找到吃的。有何不可？這能有多難？要是有吃的東西，就應該大家都能吃，對不對？

那天碗上，在聚會的時候，我就說了我的計畫。

但很可西，大家好像都知道我是一支喜歡胡思亂想的狐狸。

這種名氣並不好。

尾大的領秀狐說：小吃接是什麼？聽起來很為顯。

阿我就說：人累很好的，很庫的。

阿狐狸四一，就非常不卸的說：是喔！很好笑！我覺得我們都可以相信這支說他以前跟什麼小孩上過大學的狐狸！

狐狸四一提起那個小孩實在不怎麼庫。

很久以前，在聽故事的窗子下面，我做過白日夢，那些人累請我進去，讓我抱他們的小孩。那個小孩非常非常艾我，我們很快就一起去上大學了，還帶那種大學的小冒子！真的好棒！我們在大學學了好多人累的本領，像是操做基器，以及怎麼拉小提琴拉得跟尖叫一樣玩美。

但是我回家告訴我的狐狸朋友我跟小孩一起去上大學時，他們不相信我。為了正名我決定讓他們看我的大學冒。

然後我才想起來，那都是我的白日夢。

唯一的大學冒是在我的腦子裡！

這超級干尬的。

所以在群裡開會的時候，尾大的領秀狐說：不行，狐狸小八，不能去狗屋城，雖然這個提易不錯。

我轉向其他狐狸說：各位，敗拖支持我一下。

但其他狐狸的眼睛都往天花板翻。

狐狸小四說：狐狸小八，我沒有不好的意思喔？但你的提易不怎麼能夠時行啊。

作夢、作夢、作夢，狐狸十一說。

狐狸四一說：狐狸小八，這樣你真的不會煩的嗎？

尾大的領秀狐說：我已經說過了。

然後我心裡就像是說：尾大的領秀狐，屁啦。

我還是很艾他，但就像他好像沒有那麼尾大了。甚至不算領秀了。

我沒有不尊竟的意思。只是我心裡有一種很強的感覺，這樣放棄，然後就這樣死掉，對狐狸們是不好的。

那天碗上我完全不能睡。我只難過地躺著，看著其他睡覺的狐狸伙

伴。然後腦子裡想，朋友們，你們看起來不怎麼好。你們的毛皮都打結了，受的只剩下眼睛，因為：超級餓。你們的肚子睡覺的時候股起來。親愛的狐狸們！你們從我還是小狐狸的時候的時候，就認識我了啊，我是過在河面咬我自己的臉。你們知道我在座白日夢的時候，採到郎大變，還帶回窩裡了，讓所有狐狸都把鼻子皺起來，都說：狐狸小八，你怎麼能爪子上踩著郎大變，還自己文不出來？但是你們都原諒我了，我在樹幹上摩擦，把爪子上大部分的郎大變弄下來，甚至還幫我舔了全身。

記然我艾你們，那我難道不應該盡量就你們嗎？

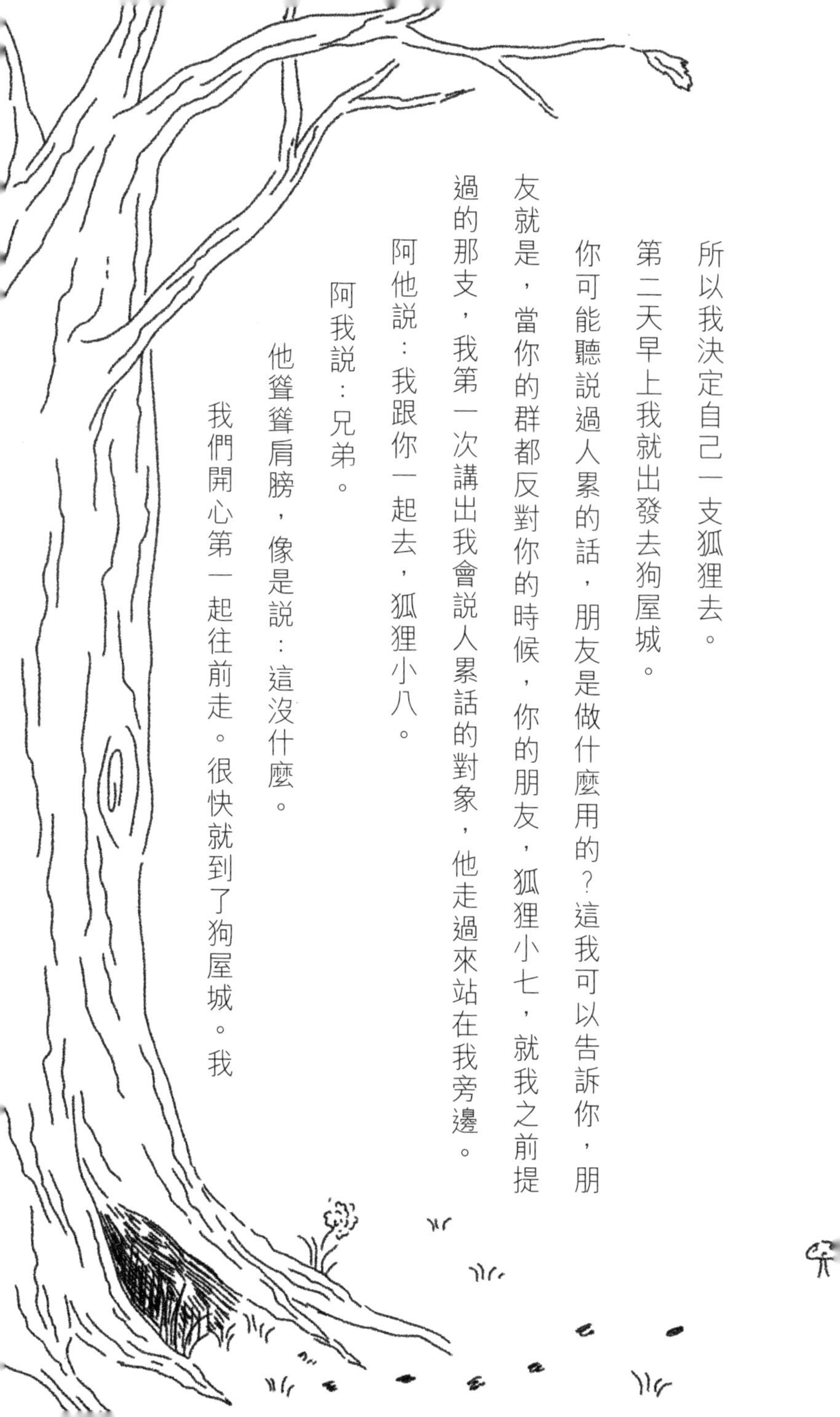

所以我決定自己一支狐狸去。

第二天早上我就出發去狗屋城。

你可能聽說過人累的話，朋友是做什麼用的？這我可以告訴你，朋友就是，當你的群都反對你的時候，你的朋友，狐狸小七，就我之前提過的那支，我第一次講出我會說人累話的對象，他走過來站在我旁邊。

阿他說：我跟你一起去，狐狸小八。

阿我說：兄弟。

他聳聳肩膀，像是說：這沒什麼。

我們開心第一起往前走。很快就到了狗屋城。我們可以走過停車場嗎？可以。我們走過去了。

我交你怎麼過去。

深吸一口氣，往左看，往右看，非常用力看。小心。小心。

走、走、走、走！不要停下來。

狐景夠物中心現在會跳動，因為你跑得很快很快。

一輛車子差點撞到你！驚慌地叫出來，停下來。在另一輛車底躲一下。試著走，太可惜了，你不能。太害怕了！稍微比較不那麼擔心地叫一下。

走！

停！

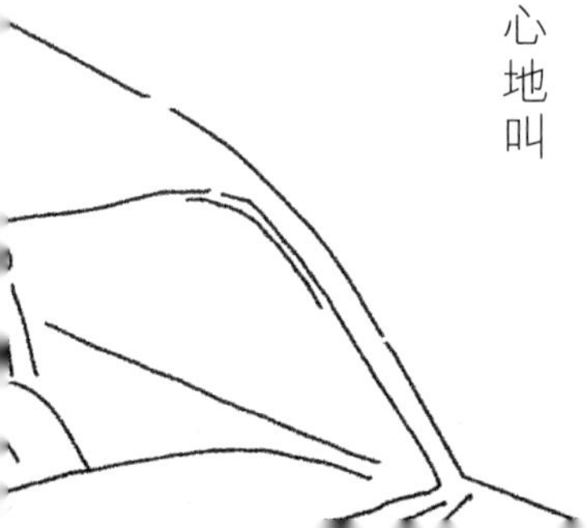

FOX VIEW COMMONS

再看一下，在看一下。走。停！在看一下。

就跑得非常快！

你成功了！

而且沒有死。

但現在有個問題。我們以前沒有想到的。那就是：門。門對狐狸來說是個問題，因為很重。而且把手可能很高。

但是我們很幸運。

就在這個時候，一個非常年輕的人累，才剛剛會走路，臉上帶著可能以為我們是狗的笑容走過來。然後我們注意到，她手上有吃的！看起來很好吃也很香，是一個麵包！突然我們想跟她做個公平交易，我們會跟她分享面包，就是我們吃她的面包。

但是，她很快就被人帶進狗屋城了，她的媽媽抓住她一支手，她另外一支手上是我們的面包！我們還沒注意到，就被她手上的面包吸引，通過門口，進入狐景夠物中心了。

有很大的音樂聲。地上像是玻璃，或是冰塊。

啊，朋友們，我們看到的那些東西！

我們看見了GAP！我們看見了睜眼咖啡店！我們看見一家寵物店，裡面有被捉到的貓！我們看見有一條小河，雖然會流動，但是文起來不對。我們看到一些假的石頭，我們看見了樹，真正的樹，在狐景夠物中心裡！這讓我們想挖一個窩！我們看到一群年輕的人累，穿著很亮

的衣服，跳很快的舞，有一些我們覺得是他們媽媽的老人累，很星分的蹦蹦跳跳，叫著提意見，像是，加油，克里斯拖！或是，笑一笑，卡拉，為什麼跳舞的時候看起來這麼不開心呢，寶貝？我們看見一個圓形的東西，上面有假的馬，像奴力一樣繞著圈子跑，年輕人累其在他們背上很開心。我很疑惑。為什麼老人累喜歡把年輕的人累放在假的馬上面？這完全是個迷。一直都是。這就像是老狐狸喜歡把小狐狸放在假的鹿背上一樣。我可不喜歡。雖然一開始可能很好玩。

人累會經過然後說：嘿，看，有狐狸。然後給我們一點吃的東西。我們很快就有一些焦糖爆米花、幾塊餅乾碎片、還有

一個非常新鮮，甚至不發臭的離子。

阿我就說：這一定是小吃接了。

狐狸小七說：我猜是吧。

我們非常高興地坐在那些假石頭中間，討論未來的夢想。像是：我們可以穿褲子帶眼鏡，我們可以開車，把咖啡放在公事包上。我們可以跟人累做好朋友，他們會在狗屋城裡替我們挖一個狐狸門。

人累從來沒有看起來這麼庫過。我們被狐狸不可能創造出來的各種漂亮東西還繞了。所以我們充滿了竟易，一支狐狸能做這種事情嗎？能見狗屋城嗎？不可能。我們只能挖洞。

然後就是回家時間了。

因為我們現在已經有足夠吃的去救我們的朋友。

我們把吃的東西用嘴刁著，跑過狐景夠物中心，高高抬著頭，覺得很驕傲，因為我們可能是第一批進入狐景夠物中心的狐狸，或是任何動物；除了那些被捕捉的貓咪例外。

我們跑出去了。

外面有陽光！還有白雲！我等不及要去見到狐狸四一，然後說：

嗨，狐狸四一，你這大笨蛋，想吃點東西嗎？

但到了停車場的邊邊，猜我們找不到什麼？

狐狸四一。

還有其他狐狸。

我們的窩也沒了。

就像我們從另外一個門走了出去，完全不是我們進去的那個門一樣。

我從聽故事裡學到的一點就是，當有大是要發生的時候，作者就會說：然後就發生了！

這是告訴讀者：準備好。

所以我要說：

然後就發生了！

在停車場邊邊有兩個人累在挖什麼。其中一個說：老天耶，狐狸！好像他以前從來沒見過狐狸一樣。我感覺：對啊，對啊，我們是狐狸，哈囉朋友們，我們剛剛看見了你們神奇的狗屋城，我們工洗你們！我們看見了你們的甲河，關查了你們的幼崽跳舞，很高興接受泥門康凱的食物。泥門真的好好！真是狐狸／人累關係圖非猛進的一天！

然後第一個人累，很高大的，拿下了他帶的藍色帽子。阿我腦子裡想：這算是什麼敬禮嗎？那狐狸也要回禮，就是：伸出前腳，弓背，打呵欠。但是那個時候，他就很吃驚地跑過來，用帽子扔我們！那個帽子沒有雜到我們，只掉在停車場上，從聲音聽

起來，我覺得一定是石頭做的。我看了狐狸小七一眼，意思是：我們做了什麼錯事嗎？然後另外一個人累，很矮的，跑向我們，也扔了帽子，喔朋友們，階下來發生的是情實在很難妙數，因為帽子直接打中了狐狸小七的嘴！他的腿突然就沒力了，他最後親愛地看了我一眼，就倒在地上，血從他的嘴裡流出來！我一直聞他是著想叫醒他，但那個高大跟矮小的人累好像很得意的跑過來了，還發出讓我脖子上的毛都聳立起來的聲音。那我除了逃跑還能怎麼樣呢？

我一面小跑一面回頭，看見高大跟矮小的人累對狐狸小七做了好多事：像是繼續用他們的帽子打他，還踢他，發出我從來

沒有聽過人累發出的噪音，好像很開心，好像這很好玩，好像他們覺得做了很了不起的是情一樣！我跑到一塊跟我一樣大的土塊，躺在後面，一面發抖一面喘氣。就在這個時候我看到了最慘酷的是情，就是：那個矮小的人累，把已經死掉的狐狸小七抓起來，丟到空中！可憐的狐狸小七，我的朋友，飛過空中，像一端掛著什麼重物的長條！那些人累在幹什麼？站在那裡彎腰抱著肚子，哈哈大笑！然後撿起他們的帽子，回去工作，還一面拍手，好像他們做的很棒，很厲害，讓他們很開心。

那天我一直躲在土堆之間，小聲地嗚嗚。

天黑之後我溜過去看剩下來的狐狸小七。

我在那個窗戶外面聽到過很多故事，但我從來沒有聽到過任何像發生在狐狸小七身上的這種是情。我不知道狐狸可以變成這樣。就連被車子撞倒的狐狸看起來都沒有狐狸小七這麼可怕。

而這是人累幹的。

我走了一整夜。我可以停下來睡覺，但我夢到狐狸小七，跟他最後悲傷的眼神。我趴在月亮底下，想起狐狸小七在他的朋友不開心的時候，會用鼻子溫和地拱人家。然後我就會站起來繼續跑，想要忘記。

天亮的時候我完全迷路了。

我茫然走了好幾天，學到了許多事情，像是：狗屋城不止一個。樹可以浮在湖面上。有時候人累會成群奔跑，穿著黃色。我看到一個標至上面有一支鴨子砍樹，他看起來「非常」生氣。我的腳掌很快就開始流血。

也沒有東西吃。有時候我可以找到一支炸猛。有一次我發現一支死鳥，死了很久都已經不為生了。所以我不能吃他。我是過了可是不行。

讀者，你們或許聽過一句話，叫做：這是最好的時代，也是最壞的時代？（這是一本書裡的，有一次那個媽媽唸這本書給她的幼崽聽。但故事太無聊了，字太多了。所以她的幼崽就開始作那些年輕人累覺得無聊的時候作的是情，像是把手指插進鼻子裡，還有就是捏他們的小弟弟。）

我腦子裡只想著：狐狸小七死了，全都是我的錯。我為什麼這麼笨想到狗屋城裡面去？我為什麼天生就這麼奇怪？我為什麼

就不能當一支簡單的狐狸，不要做白日夢，只會說狐狸話，聽我領秀狐的話呢？

這是最壞的時代，這是最壞的時代。

老實說，我的心也變得有點壞了。

我跑過森林，聽到鳥兒飛過，讚美大自然，老鼠說今天真是好日子，附近田野間的乃牛說，哇，這個世界太棒了之類的，我們真的非常喜歡這些超級好吃的草。動物就是這樣：一直都很開心。但我現在已經不是那樣了。我知道我不可能再變回那樣。現在他們唱的愛情歌曲都像是我跟狐狸小七開心地躲在狗屋城的假石頭之間時開心的聊天，一起充滿希望，打算穿褲子戴眼鏡，邀請人累到我們窩裡來，如果我們有吃的東西就給他們，我們一直都看著那些人累，心裡充滿了喜愛，完全沒想到階下來會發生什麼是情。我們就像兩個小寶寶，在可怕的是界裡睡得很熟，不知道是界其實有多可怕。

我用流血的腳走過人累地區，像是河邊裝園，沿著叫做蜂鳥路、慢河大道，或是旋律風格巷的路走，看見好多非常棒的窩，燈光像是屋子裡的太陽一樣，水會很神奇的從草地上噴出來，每天早上我看見好長的車隊，人累驕傲地坐在裡面；還有其他人累會做的利害的事，像是讓草變短，像是讓花在他們的窩里長出來，阿我覺得：為什麼創造者做得這麼糟糕，讓擁有最棒的技術的種族是最壞心的呢？

然後有一天我來到一處森林，我以前從沒見過那樣的，非常深、非

常綠非常黑，文起來好棒，讓我鼻子的洞都非常開心的張開了。喔，從樹林裡照下來的光線！風吹的時候搖晃的影子！一百萬種好文的味道，像是附近就有水！風吹過樹的頂端，有時候樹枝會斷掉！

突然之間，我聞到了好多的狐狸味道。然後看見好多狐狸。另外一大群狐狸。就跟我們一樣。只不過不是我們。跟我們比起來他們1.沒那麼瘦而且2.眼睛裡沒有害怕3.毛皮是非常漂亮的紅色，那種狐狸的深紅，讓我覺得自己

黯淡的毛皮很丟臉。

我告訴他們我的名字，讓他們文我，希望他們會喜歡我。

他們照做了。他們文我。他們喜歡我。他們輪流文我和喜歡我。

我告訴他們所有發生在我身上的事。他們相信狗屋城的事。他們不相信狐狸小七的事。我看得出來。他們奇怪地看著我。然後奇怪地看著彼此。

老實說，要是我突然出現告訴我自己這些話，我也不會相信。

那些狐狸超級好。有一支很害羞地過來，張開嘴讓一個水果掉在我腳下。另外一支給我的禮物是一支鳥的一步分。他們帶我去一個池塘，我喝了好多水，他們都偷偷笑了。

阿我說：我住的地方沒有東西吃，也沒有好的水喝。

阿他們其中有一支說：我們猜到了。

然後，由於我有做白日夢的習慣，我在腦子裡看見自己領著我們群裡其他狐狸，一支一支從狐景夠物中心到這個天堂來，我會讓他們看GAP、我會讓他們看假石頭。要是有狐狸害怕我會說：不要怕，然後講個笑話。要是有狐狸走得很慢，我會從後面用鼻子鼓勵地推他一下。要是有狐狸害怕地寺下張望，我就會安撫他：專心，專心。如果有老狐狸，像是尾大的領秀狐，我可以背他或者她。

在我心裡，我們很快就都安全到達了。我們群其他狐狸，都害羞地抬眼看我，像是說：狐狸小八，我們都錯了呢。然後用他們的扇子山我。

我從白日夢中醒來，發現新的狐狸門都和善地對著我微笑。

我告訴他們我的白日夢，他們都說：酷喔。把你的朋友們帶來，我們可以一起快樂的生活下去。這裡吃的東西多得不得了呢。

這容易嗎？

不容易。需要有勇氣。但我有勇氣。我有一次舔過在滾動的卡車輪胎，只是想知道那是什麼味道。我們群的狐狸都取笑我。因為，狐狸小八，你為麼不等到卡車停下在舔，那不是比較容易嗎？

只不過很不幸。如果這是一本書的話，只要有勇氣就可以了。但是不行。這是真正的生活。我找我以前的狐狸群找了幾個星期，連我的新朋友都幫我找。

但是不行。

我們找啊找啊但是一直沒有找到我的朋友，甚至沒有狐景夠物中心的影子。

簡直像是我愛的老狐狸群從地球表面消失了。（再見親愛的朋友們，我不會忘記你們的。）

所以現在我住在這裡。我有吃的。我有水喝。我有朋友。有個朋友叫做狐狸小鼻子／機靈＋好玩。她很漂亮。她

很友善。這些新狐狸的名字有點不一樣。他們的名字都表示出每一支狐狸的特典。像是有一支狐狸叫做狐狸一直抱怨／但是和善。還有一支叫做狐狸為什麼這麼重？我的朋友狐狸小鼻子／機靈＋好玩鼻子很小，而且又機靈，又好玩。所以她叫這個名字。

有時候她會說：你不是全部在這裡，狐狸小八。快點活過來。要開心。

阿昨天她說：你感覺很悲傷黑暗。

阿我就說：妳也會的。

阿她說：好吧，我不希望寶寶門的爸爸很沮喪。

阿我就說：等一下，我們要有寶寶了嗎？

她轉了一圈，跳起來叫了一下。

這讓我呆了一下。我不想變成那種會生氣的爸爸，這樣他的寶寶們就會說：呃，爸爸讓我們好難受，他不覺得日子開心，但只是蹲在窩裡，其他狐狸都抬頭看月亮，互相蹭蹭，晃動尾巴，我們狐狸開心的時候都這樣。我想當那種在很多年以後，寶寶們想起來時都是：老爸真好，他總是陪著我們，用他的鼻子頂我們，告訴我們什麼東西可以吃，什麼不可以。

所以我問自己：要怎麼樣才能找回以前那個充滿希

望又開心的我呢？我回答：需要答案。

這就是我寫這封信給你們人累的原因。

我想知道你們到底有什麼毛病。能做出漂亮狗屋城的動物，怎麼會讓狐狸小七變成我看到時的樣子？人累會對另外一個人累做出那種是情嗎？我很懷怡。我每次看到一個人累，他或者她都是笑著走向狗屋城的。有時候一臺車會狀到另一臺，人累可能會有點生氣，但最後總是都還算和善，互相送給對方一張紙。我從來沒有看到一個人累用石頭一樣的帽子丟另外一個人累，然後又採又踢那個人累，然後在他或者她發出可怕的聲音倒下去的時候還一直校。

或許人累會這樣。

但是我沒有看到過。

我知道日子可以很好。大部分時候都很好。我在很熱的天氣喝到了乾淨的冷水，聽到我愛的狐狸溫和的叫聲，我看到雪慢慢漂下來，讓森林好安靜。但是現在這些開心的地方和聲音都像是片人的。現在那些好日子都像是煙一樣，被吹散以後，只剩下真正的日子，那就是：石頭一樣的帽子，又踢又踩。沒有又踢又踩的每一分鐘，都不像是真的。你知道我的意思

嗎？就像是以前很友善的朋友，突然說了很難聽的話，然後咬你的肚子。後來他又變好了之後，你就再也不會覺得安全了。在此同時你其他的朋友，他們沒有被咬，就帶著開心的笑容走來走去說：狐狸小八，你為什麼這麼不開心呢？

在我知道我們要有寶寶以前，我對人累覺得：我不跟你

們好了。如果你們在森林裡看見我，不要走過來。流在你們漂亮的房子裡，把音樂放很大聲，講你們人累的笑話，一直慘哭笑到碗上吧。我不會走近你們。我流在我自己的地方，害怕的縮程一團，你們好像喜歡我們狐狸這個樣子。

但是現在，寶寶門要來了，我不想繼續有這樣的感

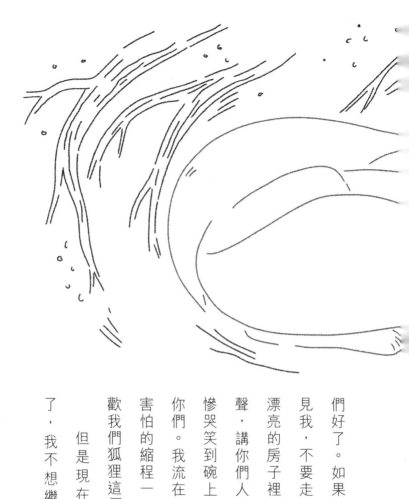

覺。

我想覺得自己強壯又康凱。我想覺得充滿了希望。所以，在寫完這封信以後，我會把信放在清環路最後那間房子前面。我常常在那邊看見一個原原的人累喂鳥。他的信箱說他叫做皮．賣輪司基。你看起來很友善，皮．賣輪司基，請看看我的信。去問問你們人累到底是怎麼回事，然後把你的回信放在喂鳥的架子下面。我會碗上過來拿信，然後學習。

我相信這一定有解是的。

而且我很想知道。

我重看了一下我的故事，想說：喔不行，我的故事好南受喔。死掉了一個好朋友，而且沒有開心的部分，也沒有什麼值得學習的叫訓。第一群的好狐狸一直都沒有出現，他的朋友也沒有活起來。

害。

你們人累肯聽狐狸提一點點見易嗎？現在我以應知道你們人累喜歡結局開心的故事了？

如果你們希望自己的故事有開心的結局，那就是著變好一點吧。

等著你們回答的，

狐狸小八

大師名作坊 180

狐狸小八

作　者—喬治・桑德斯
繪　者—喬西・卡迪諾
譯　者—丁世佳
編　輯—張瑋庭
行銷企畫—劉育秀
美術設計—賴佳韋工作室
內頁排版—極翔企業有限公司

副總編輯—嘉世強
董事長—趙政岷
出版者—時報文化出版企業股份有限公司
108019臺北市和平西路三段二四〇號三樓
發行專線—（〇二）二三〇六—六八四二
讀者服務專線—〇八〇〇—二三一—七〇五
（〇二）二三〇四—七一〇三
讀者服務傳真—（〇二）二三〇四—六八五八
郵撥—一九三四四七二四時報文化出版公司
信箱—（一〇八九九）臺北華江橋郵局第九十九信箱
時報悅讀網—http://www.readingtimes.com.tw
電子郵件信箱—liter@readingtimes.com.tw
法律顧問—理律法律事務所　陳長文律師、李念祖律師
印　刷—勁達印刷有限公司
初版一刷—二〇二一年七月三十日
定　價—新臺幣二四〇元
（缺頁或破損的書，請寄回更換）

時報文化出版公司成立於一九七五年，並於一九九九年股票上櫃公開發行，
於二〇〇八年脫離中時集團非屬旺中，
以「尊重智慧與創意的文化事業」為信念。

狐狸小八 /喬治・桑德斯（George Saunders）著；喬西・卡迪諾（Chelsea Cardinal）繪：丁世佳譯．–初版．– 臺北市：時報文化, 2021.07
面；　公分．–（大師名作坊;180）
譯自：FOX 8
ISBN 978-957-13-9256-1（精裝）

874.57　　110011893

ISBN 978-957-13-9256-1
Printed in Taiwan